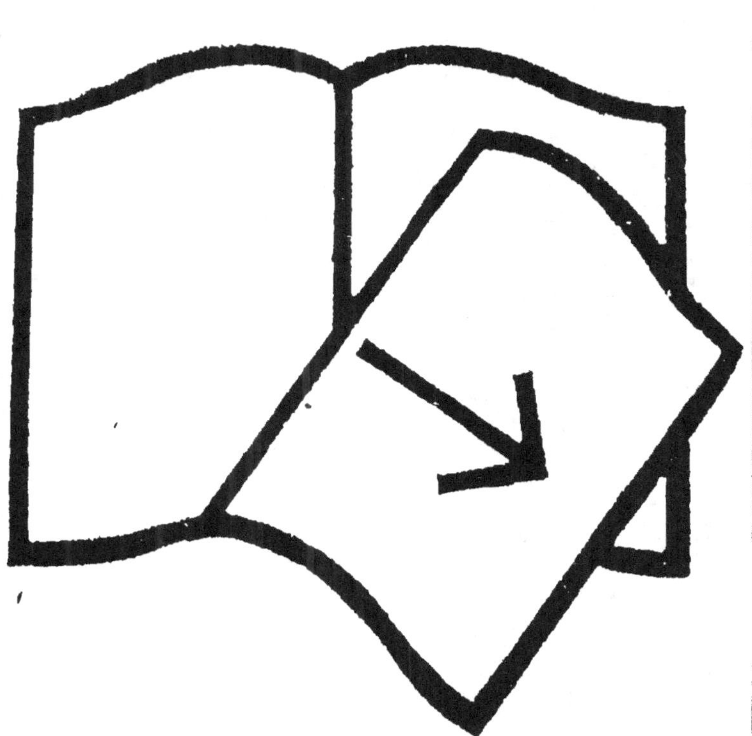

Couvertures supérieure et inférieure
manquantes

Œuure
Diuerse
12703

LA NOPCE DE VILLAGE.

COMEDIE.

A PARIS,

Chez JEAN RIBOU, au Palais, dans
la Salle Royale à l'Image
S. Loüis.

M. DC. LXXXI.

Avec Privilege du Roy.

ACTEURS.

COLIN, le Marié.

NICOLAS, Garçon de la nopce.

CLAUDINE, la Mariée.

GRAND FRANCOIS, Pere de Claudine.

GROS JEAN, Pere de Nicolas.

LE JUGE du Village.

LE GREFFIER.

Monfieur BERTRAND, Tabellion d'Aubervilliers.

MARION, Fille du grand François.

UN PAYSAN.

UN VIELLEUX.

TROUPE DE CONVIEZ.

LES DANSEURS.

LES CHOEURS DE VOIX.

La Scene eft dans le logis du Grand François, dans la Salle de la Ruë.

Extrait du Privilege du Roy.

PAr grace & Privilege du Roy, donné à Fontamebleau le 7. Juillet 1666. signé par le Roy en son Conseil, PUCELLE. Il est permis à G. MARCOUREAU, Sieur de Brecourt, l'un des Comediens de nostre Trouppe, de faire imprimer, vendre & debiter par quelque Imprimeur ou Marchand Libraire qu'il voudra choisir, une Piece de Theatre intitulée, *La Nopce de Village*: Pendant le tems de cinq années, & defenses sont faites à toutes personnes de l'imprimer ou faire imprimer, vendre ny debiter d'autre Edition que celle de l'Exposant, ou ceux qui auront droit de luy, à peine de trois mille livres d'amande, confiscation des exemplaires contrefaits, & de tous dépens, dommages & interests: ainsi qu'il est porté plus au long par lesdites lettres de Privilege.

Registré sur le Livre de la Communauté.

Achevé d'imprimer pour la derniere fois le dernier jour de Juin, 1681.

LA
NOPCE
DE VILLAGE.

COMEDIE.

SCENE PREMIERE.

COLIN, NICOLAS.

COLIN.

Arnigué, Nicolas.
NICOLAS.
  Et jarnigué toy-mesme.
Margué comme tu fay ; tu deviens
tout blasphême,
Partāt que je t'ay dit deux paroles.
COLIN.

     Margué,

A

Tatigué, jarnigué, vois-tu bien ? ventrigué,
Je suis un bon garçon, tout franc, mais tati-
   guene,
Je ne suis point un sot, franchement.
NICOLAS.
                        Hé, marguene,
En suis-un, moy, Colin ?
COLIN.
                   Et si tu l'es tant mieux,
Qu'est-ce qui t'en dy rien ? mais, margué, jay
   deux yeux;
Tu le sçais bien.
NICOLAS.
         Et bien, quand tu z'en aurois quatre.
COLIN.
Margué, je veux me battre.
NICOLAS.
              Et contre qui te battre ?
COLIN.
Jarnigué contre ceux qui me diront du mal.
NICOLAS.
A qui, guiabe, en as-tu ? dy donc, gros animal.
COLIN.
Laisse-moy là, vois-tu ? je ne veux point tant
   rire,
Moy.
NICOLAS,
Pargué, dy moy donc....
COLIN,
                Je ne te veux rien dire,
NICOLAS.
Et bien, ne dy donc rien.
COLIN,
              Je diray si me plaist.

NICOLAS.

Parlo donc tout ton sou.

COLIN.

Margué t'as bien du plaid;
Mais vois-tu, Nicolas ? je suis, pargué, bon
    frere,
Veux-tu sçavoir pourquoy que je suis en colere ?

NICOLAS.

Et bien, pourquoy ? dy donc.

COLIN.

C'est que je suis fasché;
J'armigué l'antre jour comme j'atois caché....
Non, c'est que j'acoutòes par le trou de la porte,
C'est à dire qu'enfin.... Mais bref, tanquia,
    n'importe,
Or donc, car ventrigué, vois-tu bien, Nicolas ?
Je ne suis point un gnais.

NICOLAS.

Non da, tu ne l'es pas.

COLIN.

Nanain, margué, nanain, je nel suis, pargué,
    goutte.

NICOLAS.

Et bien, tan mieux pour toy.

COLIN.

Tan mieux, voirment, accoute,
Nicolas, tu sçais bien que je son bon amis,
Et tu sçais bien encore que je somme pormis
La fille au grand François aveuc moy par en-
    ensemble.

NICOLAS.

Et bien.

COLIN.

Mais ventriguene, est-ce don qui te semble,
Que quand qu'on est pormis, margué, qu'en

n'ait rien fait.

NICOLAS.

Tt bien, fuffe.

COLIN.

Et bien donc, margué, comme d'effe;
Tu fçais bien que je fime avât hier nos fanfailles,
Et qu'aujourd'huy, margué, je fon les époufailles.

NICOLAS.

Eft-ce là tout, Colin?

COLIN.

Non dâ, ce n'eft pas tout;
Je m'en voy cômencer tout par le droit fin bout.
Hayer, com efgeveny d'avau noftre prairie,
J'entris cheul grâd François pour viriter not mie,
Margué j'appercevy par le trou du grand huis,
Que tu batifolois tout l'environ du pais
Aveuc elle.

NICOLAS.

Aveuc qui?

COLIN.

Morguene aveuc Glaudenne;
Aux enfeigne, aga quien, que tu prenis la peine
De mettre tes deux mains foutavau fon brechet,
Et puis tu luy baillis comme un colifichet.....
Margué je m'entends bien; tu luy difois, Glau-
    denne,
Lorgne-moy par un peu, n'ay-je pas bône mene?
A donc, tu la prenis par le chignon du cou,
Et tu t'allis fourrer dans le jardin au chou
Aveuc elle.

NICOLAS.

Bon, bon.

COLIN.

Il ne faut point tant rire,
Nicolas, j'ay tout veu.

NICOLAS.
Bon, bon.

COLIN.
                              Que veux-tu dire?
Bon, bon: Car vois-tu bien, fi j'avois esté prompt,
Margué, je t'aurois fait pût-estre un grand affrôt.

NICOLAS.
Bon, bon, qu'arois-tu fait.

COLIN.
                              Si je n'euffe esté fage,
Margué je l'arois dit par tout noste Village :
Et quem fonfige-moy ? Ventregué, dans l'hon-
neur
Je fuis pis qu'un demon, car rien ne me fait peur.
Comme dit l'autre, on za biau prenre une fumelle,
Margué n'en prend tourjour queuque mafle a-
veuc elle.

NICOLAS.
Ardé le grand malhûr.

COLIN
                              Et bonhûr fi tu veux,
Je ne veux point porter les cornes fi je peux :
Et que fçait-on ? par fois un defefpoir peut pren-
dre,
Marguene, pour un rien qu'un cocu s'iroit pédre,
Je le fçay, pargué bien, j'en connoiffon pluffeus...

NICOLAS.
Hé, margué, tu ferois comme les gros Monfieus,
Hé ! que t'es fou, Colin !

COLIN.
                              Ho ! margué fou toy mefifie,
Je ne veux point du lait quád un autre à la crefifie.

NICOLAS.
Bon, bon.   COLIN.
                              Mais ventrigue aveuque ton b ...

                              A iij

In faut point tant de lard pour faire un quarteron.
NICOLAS.

Bon , bon.

COLIN.

Pela morgoine , il ne faut point tant rire,
Veux-tu te battre ?
NICOLAS.
Non.
COLIN.
Quien , tu n'as rien qu'à dire ?
NICOLAS.
Et non, Colin, nanain, voire dâ, queu marchant !
COLIN.
O margué, je le veux , moy.
NICOLAS.
T'es donc bien michant ?
COLIN.
Oüy , margué, je le suis.
NICOLAS.
Tu fais le diale à quatre :
Mais , Colin , d'y moy donc, pourquoy veux-
tu te battre ?
COLIN.
Margué, pour mon plaisir, de quoy te meslet-tu?
Se bat-on pas toûjour quand qu'on devient cocu-
NICOLAS.
Et l'es-tu ?
COLIN.
Pal sangué je m'atten bien de l'estre ;
Mais marguene avant coup je veux faire bisseftre:
Jarnigué, par point bas, je veux me battre eu déisl,
Colin oste son pourpoint & son rabat.
Déchausson le rabat , margué, bon pié, bon œil,
La main fait tout.

NICOLAS.

    Fy donc, Colin, n'en te regarde.

COLIN.

Il presente le poing à Nicolas.

Je n'ay cœur, ventrigué, boute toy dans ta garde.

NICOLAS.

Oh! c'est donc tout de bon ? margué, vela pour toy.

COLIN.

Ah morgué, Nicolas! te moques-tu de moy ?
Tu bailles dans les dens.

NICOLAS.

    Margué, que me souffi-je ?
Tant mieux.

COLIN.

    O vantrigué, laisse-moy là, te dis-je.

NICOLAS.

Quien, c'est pour t'agacer.

COLIN.

    Ouf, margué, Nicolas,
Quien, jarny, queuque jour ? tu t'en repentiras.

NICOLAS.

Et que me feras-tu ?

COLIN.

    Margué !

NICOLAS.

    Quoy ?

COLIN.

    Ventrigueæ.

NICOLAS.

Hey.

COLIN.

Quien, je le diray dres ce soir à Glaudenne;
Tu le verras plûtost, mais margué la voicy.

SCENE II.

CLAUDINE, COLIN, NICOLAS

CLAUDINE.

Bon jour, me doux Colin, m'en amoureux
soucy.

COLIN.

Laisse moy là, marguenne.

CLAUDINE.

Hé cœur de ma poltrenne,
Petit cochon de lait, qu'as-tu donc ?

COLIN.

O la chienne !

CLAUDINE.

Que tredinee, qu'a-t'il ?

NICOLAS.

C'est qu'il se bat en deüil.

COLIN.

Ventrigué, je t'auray quelque jour seul à seul,
Lasse faire.

NICOLAS.

Hé margué, viens-y donc tout à l'heure.

COLIN.

Ob, jarnin, dans les dens !

CLAUDINE.

Hé quoy ! Colin, tu pleure ?
Et d'où vient donc ?

COLIN.

Marguenne, hé,

CLAUDINE.

Bonjour, Nicolas,

COLIN.

Oh chienne ! queuque jour tu t'en repentiras.
Patience.

CLAUDINE.

Et dequoy bien aimé ?

COLIN.

Par man ame,
Va je te battray bien quand tu feras ma femme.
Baille moy deux épingue.

CLAUDINE.

Hé mon quieu, les voila.

Il l'a pique en prenant l'épingle.
Carogne.

CLAUDINE.

Chouf, Colin!

COLIN.

Ce n'eft rien que cela.
Je t'en feray bien pis.

NICOLAS.

Pourquas que tu la pique ?

COLIN.

Margué t'en as menty, boute mieux tes beficle.

NICOLAS.

J'ay menty ?

CLAUDINE.

Nicolas, tredin, tenez vous coy.

COLIN.

Oh marguene au fecours, à moy queu qu'un à
moy.

SCENE III.

LE GRAND FRANCOIS, GROS JEAN,
CLAUDINE, COLIN, NICOLAS.

GROS JEAN.

Qu'est-ce donc qu'n'y a ?
GRAND FRANCOIS.
　　　　　Tatigué, c'est mon gendre.
COLIN.
Biau pere, tatigué, venez pour me défendre.
GROS JEAN.
Nicolas.
GRAND FRANCOIS.
　　　Et Colin, dy donc qu'as tu mangé ?
GROS JEAN.
Marguene y sont tous deux pires qu'un enragé.
COLIN.
Oh margué, je t'auray.
GROS JEAN
　　　　　　Peste soit de la beste,
Jem donne au diable, va, je te rompray la teste.
Si tu zy revien plus.
GRAND FRANCOIS.
　　　　　Oh, vous n'en ferez rien
Gros Jean,
GROS JEAN.
Et que sçais tu ?

GRAND FRANCOIS.

Je le sçay pargué bien,
Car j'y avon regardé.

GROS JEAN.

Je t'en répons, mon borgne,
Je te crain margué bien.

GRAND FRANCOIS.

Margué comme tu lorgne,
Veux tu que je fassion le coup de poing nous deux?

NICOLAS.

Margué ne dites rien, vous estes le plus vieux,
Montrez-vous le plus sage.

GROS JEAN.

Oh, gna sage qui quiene
Margué s'il a du cœur, ventrigué qu'il y vienne.

GRAND FRANCOIS.

Oh, si je non du cœur, vois-tu, j'on du quarriau,
Et si t'en veux jaser vien t'en dessous l'ormiau,
Tu le verras.

GROS JEAN.

Margué, tu n'és rien qu'un pagnorte.

GRAND FRANCOIS.

Oh, j'avon pourtan veu le Chaquiau de la Motte,
Et si j'avons porté des farcine à Rocroy.

GROS JEAN.

Ouy par dessus l'épaule.

GRAND FRANCOIS.

Et pargué, je le croy.

GROS JEAN.

Va, va, je savon bien quessuq c'est que la guerre.
J'on maugé quelquefois du l'art de militaire,
Je savon, margué, bien, tirer un coup mousquet
Sans nous bruler les doigts a veus tous vos caquets;
O don vous voyez bien, c'est pour vous faire
entendre

Que si vous nous baquiais, je sçaurions nous
défendre.

GRAND FRANCOIS.

O margué, j'en on veû d'aussi fustés que toy ;
Quand on se bat, vois-tu, chaqu'un y va pour
    soy :
Crois-tu que je n'on pas queuque fois veu les
    Drilles ?
Tatigué, tous les coups n'en ne fait pas neuf
    quilles
Et j'en avon tant veu de ces regneux de Guieu,
Aveuc ta parmission que je te creve un yeu.

C O L I N *donne un foufflet à Nicolas*
quand il y pense le moins.

Margué, vela pour toy, j'avon nostre revanche.

NICOLAS.

Oüf, j'ay le nés cassé.

GRAND FRANCOIS.

Tatigué, queu Dimanche;

NICOLAS.

Oh ventrigué, Colin, c'est de la trahison,
Mais margué, queuque jour j'auron nostre raison.

C O L I N.

O, viens-y, Nicolas, je te ferons bien rire.

GROS JEAN.

Marguene, grand François, qu'est-ce qu'ou ve-
lés dire ?
Est-ce là l'action d'un brave homme de bien?

GRAND FRANCOIS.

Quoy ?

GROS JEAN.

De fraper les gens, margué, sans dire rien.

GRAND FRANCOIS.

Mais marguene, à proupos d'où vien don la querelle.

GROS-

GROS JEAN.

Bon, palſanguié, ſamon, vous nous la baillez
belle.

Eſt-ce quu j'en ſçay rien ?

GRAND FRANCOIS.

Pargué ny n' oy non plus.

GROS JEAN.

Marguene, pourquoy don nous ſerion-je batus?

GRAND FRANCOIS.

Jen'en ſçay pargué rien ; Colin, pourquoy ſe-
roit-ce ?

COLIN.

Margué, veyez-vous bien, que mon peché n'en
croiſſe,

Je croy que Nicolas m'a quaſi fait cocu,

Et vela pourquoy que c'eſt qu'ou vous ſeriais
battu.

GRAND FRANCOIS.

Cou !

GROS JEAN

Cocu !

NICOLAS.

Cocu !

CLAUDINE.

Cocu !

COLIN.

Cocu , marguene.

CLAUDINE.

Ho, Colin, pour ſi peu ce n'en eſt pas la peine.

GRAND FRANCOIS.

Et n'eſt-ce que cela, gros ſot ?

COLIN.

Et ce n'eſt rien.

GRAND FRANCOIS.

Pargué le grand malheur, aga, je le ſuis bien,

B

Et gros Jean aussi.
GROS JEAN.
Moy ?
GRAND FRANCOIS.
C'est pour luy faire accroire.
GROS JEAN.
Margué, rayez cela de dessus vos grimoire,
Je n'ay jamais receu, parguene, un tel affront.
CLAUDINE.
Cocu, c'est quand on a des cornes sur le front,
Taste bien si t'en as, Colin.
COLIN.
Hé bonne beste,
Ce que l'on plante aux pieds vient-il dessus la
teste ?
Quien pour nous marier je suis ton sarviteur,
Je son pauvre, vois-tu, mais j'avon de l'honneur.
CLAUDINE.
Hé mon Guieu, que t'es chose !
COLIN.
Oh gna chose qui quienne,
Il veut s'en aller.
Je devion nous marier aujourd'huy, mais mar-
guene,
Il n'en sera rien, ou.... final, je m'entends bien.
GRAND FRANCOIS *l'arrestant.*
Pargué va, t'a raison, comme il n'en sera rien;
Margué, je te.....
GROS JEAN.
Tout biau, vous vous chauffez la bile.
GRAND FRANCOIS.
Ho, je suis d'une himeur tout à fait domicile,
Mais margué dans l'honneur je suis pis qu'un
Satan,
Hé comment ! tout est prest....

GROS JEAN.
                    Et bon, cela s'ensend,
Margué vous avez tort, Colin.
                COLIN.
                    Et j'ay le Diable.
            GROS JEAN.
A ton col, hé Marchand, õ ne y fait le capable !
            GRAND FRANCOIS.
Colin, quien si tu veux que je sion bons amis,
Marguene il faut tenir le mot que t'as promis.
                COLIN.
Pargué, je m'en bas l'œil.
            GRAND FRANCOIS.
                    Oh, je m'en bats les fesses,
Moy, je te fron, margué, bien tenir tes promesses,
Ou je plaiderons bien.
                COLIN.
                    Et bien je plaideron,
Et si nous faut trembler, margué je trembleron.
            GRAND FRANCOIS.
Jarnigué, je feron queuque noûviau grabuge.
                COLIN.
Palsangué je varron, vecy Monsieur le Juge.

SCENE IV.

LE JUGE, LE GREFFIER, GRAND-FRANÇOIS, CLAUDINE, GROS-JEAN, COLIN, NICOLAS.

Colin presente un siege au Juge, & comme il veut se seoir, Colin retire le siege comme pour le nettoyer, & le Juge tombe.

COLIN.

Monsieur le Juge, ardé, tenez boutez vous là.

LE JUGE *en tombant.*

Hé.

COLIN.

C'est que nostre siege estoit sale par là, Reboutez vous.

LE JUGE *s'asseyant.*

Et bien ?

COLIN.

Monsieur j'avon querelle.

GRAND FRANÇOIS.

Oh, margué, j'en appelle.

COLIN.

Oh, c'est moy qu'en appelle.

LE JUGE.

Lequel est l'appellant des deux ou l'inthimé ?

COLIN.

Monfieur....

LE JUGE.

Dans le procez chacun eft-il nommé ?

COLIN.

Monfieur....

LE JUGE.

Eft-il verbal , ou bien fi la partie
Eft appointée en droit ?

COLIN.

Monfieur....

LE JUGE.

L'antipathie
Eft une étrange chofe !

COLIN.

Il eft vray, mais....

LE JUGE.

Au moin
Dedans le fait & caufe avez-vous des témoins ?

COLIN.

Ventriguene , Monfieur....

LE JUGE.

Répondez donc.

COLIN.

O pefte !

Monfieur....

LE JUGE.

Voftre innocence eft affez manifefte.

COLIN.

Je vous....

LE JUGE.

Explique-moy la chofe comme elle eft.

COLIN.

Accoûtez, vous fçaurez....

B iij

LE JUGE.

                    Voulez-vous un Arreſt
Qui ſoit au deffendeur conforme à la Sentence ?

COLIN.

Et non, Monſieur, je veux....

LE JUGE.

                    Un peu de patience :
Dites, que voulez-vous ?

COLIN.

                    Monſieur enfin....

LE JUGE *au Greffier.*

                                    Hola,
Faites faire ſilence.

LE GREFFIER.

                    Et là, Meſſieurs, paix là,
Monſieur n'ſçait ce qu'il dit.

COLIN.

                    Ho, faites-nous la grace....

LE JUGE.

On poudroit bien auſſi juger par contumace,
Fors aux cas reſervez à l'hymen clandeſtin.

COLIN.

Margué, je n'entend point tous vos mots de La-
tin,

LE JUGE.

Si vous eſtes abſurd és termes de pratique,
Il faut donc que quelqu'un pour voſtre cas s'ex-
plique.
Parlez-vous, Grand François.

GRAND FRANCOIS.

                    Monſieur....

LE JUGE.

                    Ne parlez plus,
C'eſt aſſez, vous Gros Jean, répondez là deſſus.

GROS JEAN.

Monsieur....

LE JUGE.

Hola , tafe. Parlez , Colin.

COLIN.

Marguene....

LE JUGE.

Bon , voila qui va bien , répondez-vous Claudine.

CLAUDINE.

Monsieur....

LE JUGE.

Qu'un jugement eſt un grand embarras!

COLIN.

Oh bien....

LE JUCE.

Laiſſez un peu répondre Nicolas.

NICOLAS.

Moy ? je n'ay rien à dire.

LE JUGE.

Il faut que chacun parle.

COLIN.

Margué , ja veux chiffler pû fort que noſtre
Marle.

Tous enſemble.

Vous ſçaurez donc, Monſieur, que comme je
venoua   A
Je nous eſquieſine tous auparavant allé   E
Cheux Colin pour y voir la Nêce d'aujourdy;   I
Mais comme je venien, Monſieur, tout auſſi tô, O
Qu'en ce rencontre y la je nous ſerien battu.   V

LE JUGE.

Benit ſoit le procez de l'A , E , I , O , V.
Ecrivez donc , Greffier.

B iiij

LE GREFFIER.

Monfieur, je n'entends goutte.

LE JUGE.

Et quoy ? ne faut-il pas que le Greffier écoute.

GRAND FRANCOIS.

Oh bien, Monfieur, vela, j'avon dit l'action,
C'eft à vous à bailler voute contuzion.

LE JUGE.

Je conclus, concluant par conclufion breve
Que vous ferez treftous pendus en pleine Greve,
Et fi vous appellez d'un fi beau jugement,
Je conclus, concluant, conclufitivement,
Pour ne vous plaindre point de noftre procedure,
Que je ne conclus rien de peur de mal conclure.

Le Juge & le Greffier s'en vont.

COLIN.

Bon, nous vela pas mal.

GRAND FRANCOIS.

Pargué, d'effect, famon,
Mais marguene, Colin, aveuc tout ton farmon,
Que veux-tu dire auffi, tien fi tu m'en veux croi-
re,
Margué, tu larras là toute ta belle Hiftoire,
Vela le feftin preft qui vient fubitement,
Et margué tu nous vien bailler du compliment,
Allons, gros Jean, prenez Nicolas par la patte :
Et faut-il pour un rien qu'un bon my fe batte ?
Donne ta main, Colin.

COLIN.

Marguene....

GRAND FRANCOIS.

Dom e don.

COLIN.

Non, jarnigué, je veux qu'il demande pardon.

NICOLAS.

Et de quoy ?

> **COLIN.**

O de quoy ?

GROS JEAN.

> Oüy de quoy ?

> **COLIN.**

>> Ventriguene,

De ce qu'il a voulu coucher avec Glaudenne.

> **NICOLAS.**

Il n'eſt margué pas vray.

> **COLIN.**

> Margué, je dis que ſi.

GROS JEAN.

Et puy qu'il n'eſt pas vray, Colin, t'as tort auſſi.

> **COLIN.**

Et bien, margué, n'importe, il faut qu'il le con‑
feſſe
Ou je ne feron rien.

> **NICOLAS.**

> Mais ventriguene….

GRAND FRANCOIS.

>> Et qu'eſt-ce ?

Dy qu'oüy.

> **NICOLAS.**

Je le veux bien.

> **COLIN.**

> Mais margué de franc cœur.

NICOLAS.

Oüy, parguene.

COLIN *embraſſant Nicolas.*

> O bien don je ſuis ton ſerviteur.

GRAND FRANCOIS.

Ah, voila qui va bien ; Bon voicy le Nottaire.
Bon jour, Monſieur Bertrand.

SCENE V.

MONSIEUR BERTRAND, GRAND FRANÇOIS, GROS JEAN, CLAUDINE, COLIN, NICOLAS.

AH bon jour, vieux frere.

GROS JEAN.

Bon jour, Monsieur Bertrand.

BERTRAND.

Bon jour, bon jour, Gros Jean.
Or çà, je viens icy....

COLIN.

Bon jour, Monsieur Bertrand.

BERTRAND.

Bon jour.

GRAND FRANÇOIS.

Nous venez-vous lire les hereticles ?

BERTRAND.

Oüy, si Dieu plaist.

GRAND FRANÇOIS.

Et bien, bouttez donc vos besicles.

BERTRAND lit.

Ardevant Bertrand Doüillet, Tabellion d'Aubervilliers. Furent prefens en leurs perfonnes
Jean Laurens, dit Grand François, demeurant audit Aubervilliers ; & Perrette Cré fa femme, d'une
part : Guillaume Battan, Maiftre Carillonneur &
premier Chaffe-chien de la grand' Eglife dudit lieu,
& Catherine Vigreux fa femme, lefquels de leur
bon gré ont reconnu & confeffé avoir fait & font les
promeffes & accords de mariage qui enfuivent, à
fçavoir de Colin Battan & de Claudine Vigreux,
tous Bourgeois dudit lieu, tant du cofté paternel que
maternel ; l'un & l'autre âgez de chacun dix neuf
ans environ, plus ou moins fans confequence. Pour
la grande affection qu'ils fe portent, pour avoir
gardé par l'efpace de dix ans les vaches enfemble,
ils ont defiré fe conjoindre par lien matrimonial
fous le bon plaifir de leurs parens & amis. Lequel
Guillaume Battan non icy prefent pour eftre detenu
au lit d'un coup de pierre au beau milieu du dos, a
donné & donne à Colin Battan fon fils & futur
époux, par ces prefentes, en faveur de mariage un
arpent d'heritage affis audit Aubervilliers. Plus une
charruë attelée d'un Bœuf & d'un Afne âgez de
quarante cinq ans ou environ ; enfemble fes habits,
fçavoir un palteau d'écarlatte noire doublé de jaune
cramoizy, un fonds de chauffe de blanchet gris, u-
ne chemife garnie de fon colet de toille à bouffette.
Item une paire de guetres & de fouliers de vache tout
neufs ; en outre la fomme de onze livres quinze fols
fix deniers tournois en belle piftole & monnoye blanche. Et quant audit Laurens, dit Grand François,
Pere de la future Epoufe, pour la bonne amitié qu'il

luy porte, luy a donné en faveur dudit mariage un quartier & demy de pré fraichement tondu, assis au lieu & territoire de la Motte, plus une vache sous poil grivelé avec le pot à traire & autres ustensiles de menage, & outre son trousseau garny de deux draps & une nappe frangée d'une aune un douze ou environ avec ses bagues & ses joyaux, desquels ledit Colin Battan, futur Epoux, s'est tenu & tient pour content, & a doüé & doüé ladite future Epouse de la somme de quatorze sous six deniers tournois, pour icelle avoir & prendre sur une mazure sise en la plaine de Long-Boyau, & est accordé entre lesdites parties qu'au cas que l'un desdits futurs Epoux decede sans enfans procrées de leur mariage, le survivant remportera ce qu'il aura apporté, ainsi qu'ils ont presentement accordé : Et quant à tout, &c. & obligeant, &c. renonçant, &c. Fait & passé, &c.

GRAND FRANCOIS.

Bon, voilà qui va bien, donnez, je signerons. François, s'écrit-il pas avec deux O ronds ?

BERTRAND.

Tout comme il vous plaira.

GRAND FRANCOIS *aprés avoir signé.*

Vela qu'a bonne menne.

BERTRAND.

Allons, Monsieur Colin.

COLIN.

Quoy ! faut-il que je seine ?

BERTRAND.

Belle demande !

GRAND FRANCOIS *à Colin qui prend la plume de la main gauche.*

Bon, peste du Jobelin.

BER-

BERTRAND

De l'autre main.

COLIN.

Ah, oüy, P, G, C, Q, Colin.

BERTRAND.

A vous, Claudine, allons.

CLAUDINE.

Je ne sçay point écrire,
Monsieur Bertrand.

GRAND FRANCOIS.

Pargué va, tu nous fais bien rire :
Hé, prend la plume, allons, boutte là tes cinq
doigts.

CLAUDINE.

Je m'en fais seulement faire cinq ou si Croix;
Sera-ce assez ?

COLIN.

Fais-en plutôst plein un carosse.

C

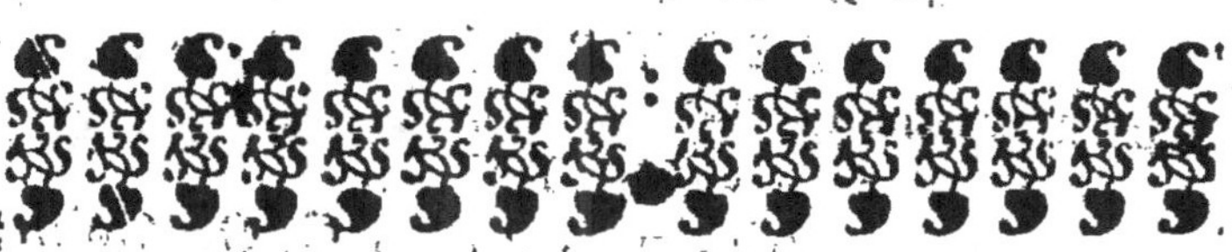

SCENE VI.

MARION, LES CONVIEZ, GRAND-
FRANCOIS, COLIN, GROS JEAN,
NICOLAS, CLAUDINE,
BERTRAND.

MARION.

Voicy tous les Môfieux qui venon à la nôce,
Mon Pere, ma Grand dit que vous dongniés la clé
Pour avinre des noix dans le grenier au blé.

GRAND FRANCOIS.
La vela, quien, allons, que l'on boutte la nappe.

BERTRAND *aprés que Claudine a signé.*
Vous écrivez fort bien.

CLAUDINE.
Mon Guieu, le cœur me tappe.

BERTRAND.

Or ça, Messieurs, adieu.

GRAND FRANCOIS.
Bon soir, Monsieur Bertrand.

BERTRAND.
Au moins vous sçavez bien....

GRAND FRANCOIS.
Margueue, allez-vous-en,

Ne sçavon-je pas bien tout sen qui faudra faire ?
On fait paroistre une table servie rustiquement.

COLIN.

Glaudenne, ventrigué, je feron bonne chere.

GRAND FRANÇOIS, *aux Conviez.*

Vous serez mal traitez, mais margué, voyez vous,
Messieurs, vous y serez tout ensin que chez vous,
Boutez-vous donc trestous......

COLIN.

　　　　　　　　　　Pargué sans simonie.

GRAND FRANÇOIS.

Allons donc, Nicolas, Gros Jean, jarny ma
　　vie,
Bouttez-vous donc, Messieux.

SCENE VII.

MARION, GRAND FRANÇOIS, LES
VIELLEUX, GROS JEAN, NICO-
LAS, CLAUDINE, LES CONVIEZ.

MARION.

Voicy les Violons.

UN VIELLEUX.

Bon jour, Messieurs.

COLIN.

Bon jour.

LE VIELLEUX.

Voicy deux bons garçons,
Qui vont pargué joüier des branles d'importance.

COLIN.

Ho, je somme bien sous, aprés panse la danse.
Joüiez.

LE VIELLEUX.

Je ressemblon à l'oissiau de cheu nous,
Je ne sçaurion chiffler si je ne sommes sous,

Il boit.

Aveuc vot parmission ; margué, le front me suë.

COLIN.

Et là, là, tirez bas, de crainte de la veuë.

LE VIELLEUX.

Vela qu'est bien, Ronflons.

CHANSON.

Aga Piarot le tarible accident,
l'avion fait acheter une for bonne éclanche,
l'esperion la manger, & leftoit belle & blanche.
Maturenne qui a le cœur grand
Vouloit regaler nos parens,
l'eftion auprés du feu les mains defu les hanches,
It buvions demiftié tourjour en attendant,
Mais helas dans le mefme inftant
Vn matin l'atrapit fur le bout d'une planche,
Et nous la croquit fur le champ,
Il n'en laiffit rien que le manche,
Aga Piarot le tarible accident.

COLIN.

Hé margué Nicolas,
Pui je fon bons amis, pargué, tu danferas.

NICOLAS.

Je ne fçay point danfer, laiffe-moy là.

COLIN.

Parguené,
Hé danfe un tantinet pour l'amour de Glaudene.

UN CHOEUR DE PAYSANS.

Pargué, vive Glaudenne.

UN AUTRE CHOEUR.

Et vive auffi Colin.

GRAND FRANCOIS.

Chacun s'aille coucher, Meffieurs, jufqu'à demain.

FIN.

CHANSON.

COLIN.

UN CHŒUR DE PAYSANS,

UN AUTRE CHŒUR,

GRAND FRANÇOIS,

FIN.